イヌナズナ

第二歌集

辻　一代
TSUJI Hitonatsu

文芸社

前書き

いよいよ僕の第二歌集が出版される事になり、嬉しさ一杯です。短歌はずいぶんと以前から詠んでいますが、別にプロ意識はないし、ただひまつぶしに、自分の楽しみに作って書いているだけです。

東京オリンピックも終わりましたが、疫病新型コロナが早く収束してくれればという限りです。日本の国の隆盛と世界の平和を祈ります。人々が幸せに過ごせますよう願います。

春に為りヒバリやスズメの飛ぶ空に
ひとつのトンボもまじりたる哉

皓皓と輝る月にまじりて朝明くる
今年の農作物は豊作なるかと

チャイコフスキーのピアノコンチェルト
第一番最大傑作か唯の駄作か

幼きに春の空にはヒバリ鳴き
秋の稲田には秋アカネ飛び交ふ

中学校一年生の時科学部にて
　六甲高山植物園へと本間先生に連れられて行けり

小学校三年生の時学内マラソン大会にて
　第三〇番目の成績とれる　我が嬉しき記憶

中学時植物のスケッチ好みたりしが
なかなかうまく描けず独り嘆けり

ゴッホの星降る夜の油絵観ても
我が作の油絵はなんと稚拙に思われるかな

新しき自転車買ってもらひし喜びは
昔の事とも今の事とも思へり

モーツァルトピアノコンチェルト第二〇番
この名曲は聴く人の心に恐れを生ぜん

春浅くスミレの花の満開に
我はソッとカメラを向けたり

農道の雑草いよいよ育つ頃
蜻蛉や蝶々いよいよ舞へる哉

春草のいよいよ増して来たりけり
我は野草のスケッチする昔を想ふ

冬の日に雪も降らざる日々続き
北海道の雪景色をそっとおぼへり

亡き父は野口英世の如く偉大なる医者を目指せと
常に言ひ口から血を吐いて死せり

今日も又仏壇に朝のお祈りをなせり
その意味は今の自分には全くわからず

昔日《せきじつ》にソフトボールする交わりを友と楽しみ
なつかしく思ふ事も又ありき

初めてのクラシックコンサート
小林愛実のピアノソロリサイタルとおぼへたり

京セラドームセカイノオワリのコンサート
10年程前行きしかっこ良かった哉

春近くなりタンポポ　ナズナなどの
雑草咲き乱るる畔道通れり

ひさかたの光あふるる小道には
タンポポ　ホトケノザ　レンゲ　咲きたり

本年もひなまつりなど関係なし
さみしき暮らしの続くと思へり

六甲の山並みの木々の紅葉に
我は一見しホッとせる哉

ショパン小犬のワルツ生演奏
二度聴けるそのここち好さ過去の事哉

亡き母は今は浄土におるものと
思ひて我はホッとするものを

春に為り奈良公園のシカ
早く走りたるかなと我には思へる

春来たり音楽好きの此の身には
クラシックもジャズも共々はまりたりけり

労働をなすべき事とは思へども
毎日毎日ゆったり過ごすのも楽しき

ラジオにてクラシック音楽聴きながら
次なる短歌考へにてありけり

昨日の朝池尻神社に参りて来しものを
誰に会わむともなりしと思へり

我が庭の隅のポットの中に咲く雪割草
かわいらしいものかな

数学の教師になれれば現在の我は
今とは違ふ人生を送りたるもの哉

盆踊りの時若き頃ありたれど
我はその時炭坑節を踊れる

杉玉鉄砲作りたる近所のお兄さんは
遊びにかけては天才とぞ思へり

風呂場にて水鉄砲を使いたる
　小さき頃の我がなつかしき想ひ出なり

朝起きてラジオを聴きて又ひと眠り
　冬の暮らしは辛いものなり

哀しきや冬の終わりの大祭も
　早や終わりとなるらしきかも

初詣去年は八坂神社　今年は池尻神社
　一年の願い込めなどしたりし

初めての恋心おぼへてた頃の記憶など
小学校の頃と記憶したりし

玄関にメダカ育てる水槽にも
猫の水飲むさまも変わらず

我が庭にバラの花木の植えてあり
今は咲かずとも初夏には咲ける乎

友人と中学校へ通いし昔
我の記憶ではしりとりを楽しみしかな

桜咲く季節が近づいては来ているが
我が心は全くはれる事無し

春となりスミレ　タンポポ　レンゲ　咲く
我はカメラを持ち歩くのが楽しみ

春の田は雑草ばかりが育ちたり
田植えの用意今日にも始まれり

春の田におたまじゃくしが生まれたる
つかまへる事は禁手と思へん

我が庭にメスのジバニャン住みつけり
さんまの塩焼き美味《おい》しそうに食ひたり

野の畔にタンポポ二～三輪咲きにけり
いくら踏んでもつぶれぬの哉

ハタヤンはよく映画観るなと我は思へり
そんな我も映画はよく観し

春近く蝶蝶や蜻蛉が空に舞ひ
天気もうららかなりし哉

土筆取り砂糖と正油で煮てもらひ
我はその味をゆっくり味わわん

札幌の雪祭りもうとうに過ぎたりし哉
一生に一度は本物見たし

箕面の滝何度も何度も行くわけは
　アユの塩焼き食ふのが第一ナリ

六甲山遠くで見てはいるけれど
　明日こそは雪景色になるのだろうか

平らかな道を自転車にて走りたり
朝日や昼日や夕日を浴びつつ

バラ咲きて我が家の庭はにぎわへり
誰かと一緒にジュースでも飲まむ

つくしんぼ春の空地に群生す
取りては佃煮にして食べたしとぞ思ふ

春が来てツバメも家にやって来る
そんな良い夢時には見たし

我が庭にジバニャンキャットやって来て
　えさを要求するのもにぎやか

秋となり涼しき気候が訪れて
　今秋も良き木の紅　食べ物音楽楽しめり

はじめより良き因作るべきと思へり
されど悪しき因作る事多けり哉

道端の枯れ木にもず一羽止まりたり
我にえさか何かを求めたるよう

すずめの群いつのまにかやって来て
チュッチュッチュッチュッチュッチュと鳴いている

庭の隅雪割草が咲いている
カメラでパチリパチリととりたり

春に為りチューリップの苗成長し
花芽もだんだん大きくなりゆけり

タキノ君　君チョットかわいすぎない
テレビでも雑誌でも満足だよね

サッシーは料理上手と聞いている
ユキリンはサッシーには少し劣りたりし乎

沢口愛華を一目見て
すごい美少女だなあと思ひたり

ひとり寝の夜はさびしくあるけれど
やっぱり誰か女友達欲しい

アンネの如く恋人探しの旅にも出ず
されどもやっぱり望みは果てなし

初恋を想ひ出しつつ今さらには
　如何なる人生送ればば良かりかは

幼き時より学習塾へ通ひたり
　そんなことをも今は後悔せず

方々よりスズメの群れが来るけれど
早く来よ小米《こごめ》を食へよと

精神をわずらひてぞ早や四〇年
これからいく年病み続くのか

モーツァルトジュピター聴くことを喜びとして
今後の人生如何にせんかな

川々の流れよ早くなれよなれ
されど小魚もいつか現れるかも

スポーツに学問にはげみたり
いつになったら一人前になるのや

春浅くポカポカ陽気になったけど
日頃より仕事もせずのん気に過ごせり

働く事は嫌よと言う自分だが
　今日の務めも怠る我なり

昨日今日明日ポカポカ陽気の常日頃
　人生をゆったりとは楽しみませんか

熱心に油絵描かむと思ひつつ
今日明日には又筆を取ろうか

チィチィチィとスズメの鳴き声するけれど
カラスも又遠くよりやって来たれり

桜咲く季節の移動も始まりて
　我はよりよく生きんとぞ願ひたりけり

川の中メダカやフナのいた昔
　今ではザリガニ　ドジョウしか生息せずなり

日々ゼロコーラを飲む者よ
糖尿病との戦いの辛さわかりたり

チャイコフスキー六番悲愴聴きながら
ラジオの音量少し大きくす哉

二十歳《はたち》より聖アウグスティヌス読みふける
そんな人生も又一つの人生なのかな

仏教とキリスト教のいづれかを選ばむと思ひ
今の我は仏教を選べり

神や仏に祈り続ける生活を続けたり
　今後もお寺や神社へ参らむと考ふ

果てしなくこの世のいとなみ続いていくが
　いつになったら終わりになるのだろう

ヒラヒラと桜の花びらの散る頃にも
此の人生こそは良きものぞと願へり

小川にはフナ　メダカ　モロコ　群れし昔日の
若き頃のいとおしかりしなり

六甲の峰春には春の姿して
　秋には秋の姿するただ自然を映せり

小川に紅葉のはっぱ流るるを
　人は取りて天ぷらにせる箕面の名物

春の桜秋の紅葉日本の名物いろいろあるが
　人はそれをなんと思へりか

田んぼにはおたまじゃくしの生まれたり
　お玉もいろいろ所変えて泳げり

山中《さんちゅう》に百合の花咲きたれど
　誰も認めずとも我は認めむ

田の中に雑草の群れにけり
　暖かさだんだんとつのりたる哉

春に為りポカポカ陽気になったけど
恋人探しの旅は如何様《いかよう》に哉

我が家にプルサチラ一輪咲きてあり
特別な花の香り発せる哉

光の中に新しき生命生まれたり
　光よ光　はてなく続くか

新らしき年になって
　新しき思想わき出づる我が人生の春楽しめり

紫陽花や蝶々やトンボの舞い回る頃
　真夏もだんだんと近づける哉

池尻の神社に参る日が続き
　池尻神社の神さんにお願ひしたり

小川にはフナやメダカが群れてをり
この地には自然が未だ残れり

その昔犬を飼ふ　その犬病気で倒れたり
今では我が家は野良猫の巣となれり

春日大社は以前よく行ったけど
今はあまり参らなくなりし哉

桜咲く清らかな春ももうやって来て
我はツバメの早く来よと願へり

武庫川で魚とりたる夏の事
　うなぎ一匹つかまへてカバ焼きにして食へり

六甲の峰雪の白く積もりたる
　めったな事では雪景色はなし

哀しみよ哀しみよ　お前はいついつまでおるのだろう
早く喜びのやって来い来い

初めての口づけの後には
あまり良い想ひ出はなし

池尻の小川に泳げるメダカたち
　池小の子等のはげみとなれよ

松の木は大風にゆれてもびくともせず
　いつもたくましきその姿哉

紅葉の木の赤い葉っぱはいつに散らむ
我はよく理解せず

プルサチラ早く咲きたれと
願ふ此の身にも理解難し

ツバメ飛ぶ早春の候とはなりたれど
ポカポカ陽気はいつまで続くや

水仙ももう満開で今になっては
故き母のことを何故か思ひ出したり

池尻の小川にはザリガニ生息するけれど
子供らが取っては殺す残酷劇哉

春本番桜も満開若芽ふく
暖かき気候となりたり人々喜べり

東より日は出で月も出でたり
何故か自然の流れは貴し

畑では菜の花の満開とはなり
雑草も様々生い繁るかな

桜花の満開今が時
この先ツツジやサツキ　アジサイの続けり

富士山の本物初めて見た時は
富士の偉大さ雄大さをひしと感じたり

楽しくもあり哀しくもある
闘病生活の楽しみはジュースとカップラーメン

チューリップが咲いている
空き地でチューリップが咲いている
なんぞ嬉しき

タキノ君一度会ってみたいな
ファンのひとりではあるが君は謎ナリ

ユキリンの美脚の謎は
今日も明日もかっこ良すぎて僕はほんのりとする

ドックンと心臓の音はっきりと
聞いた事はないけど今日も僕は元気だ

武庫川で魚取りした幼き日
タナゴが二〜三匹泳いでいた記憶あり

満開の桜の木の根元で花見をし
　昌公さんらとおでんを食べし嬉しい想ひ出

近くの小川にドジョウ取りし幼き日
　ドジョウが一杯取れたのも今は昔

クィーンのＬＰを一枚聴いている
高校時代は全く興味を持たざるグループなりし

春になり雪柳白く満開なり
その清楚さに心うたれて歓喜する吾

春本番花見の季節となりし故《ゆえ》
カメラで桜をパチリパチリ

菜種梅雨《なたねづゆ》じっとりとして不愉快なり
今もこの季節続きたる哉

スヌーピービーグル犬は
愉快で楽しい犬なのさ
一緒に遊びたいよ

池尻地区の神社の夏祭り
去年今年と続いてあるのか

田の畔にヨメナ咲きたる初夏の候
そっとカメラにおさむるか

文学の本を数冊書店で求めたり
続ひて読書にはげむ我哉

春の雨一雨《ひとあめ》ごとに
暖かくなると昌公さんに教示してもらひたる事もあり

天からの火は恐ろしき哉
地上で燃える火も又恐ろしき哉

母逝きて十五年程経ちたれど
故母《なき》の事は今もなつかしきかな

雪柳乱れ咲きたる庭の隅に
松もかえでも喜ぶのか悲しむのかな

独りで生活するこの身には
御飯もろくに食べぬ日もあり

チュンチュンチュンチュンとスズメが鳴いてはおるけれど
自然は段々と進むものなり

夜ぐっすりと安眠する事を願ひたり
けれどなかなか寝つけぬ日々も多し

初ガツオ今年も又食べ逃がしたり
良い一年を願ふ我は如何にすべきか

初めて富士山を見に旅行したのは昔の事なり
天候が荒れて富士は見えずなりけり

昨年庭のホトトギスを見た時は感動せり
今年も又美しき花見たいのものだよ

令和元年五月ヒマラヤの青いケシ
我が庭で満開良き兆候悪しき兆候

キスミレの庭の隅にて咲きにけり
我はその花を見て感激したり

わが庭に赤花カタクリ咲きにけり
　美しきかなと思ひたる我も又感動

近所では庭にサボテンたくさん栽培する家有り
　良くも悪くも興味なし

はてしなく続くこの大空のはてには
如何なる人の住むか否か

人と同じ様に遊べる子供たち
彼等はいかように成長するやも

菜の花の満開の時も早や過ぎて
今は桜の花の咲きほこる時節なり

春浅く恋のにほひにおどろきて
寒き春かなとぞ思ふ頃哉

菜の花の黄色く満開の日も又過ぎて
過ぎてゆく日々に哀しみなし

小川にはエビやザリガニ　ドジョウ等
住めるものなりしひとり喜ぶ

川中にひとりの男子の立ちてあり
網を持ちて魚を取りたり

道端にホトケノザ咲きて匂ひたる
パチリとカメラにおさめむ

暖かき母親の御飯食べし事
　過去の想ひ出とはなりたりし哉

ベートーヴェンの「田園」聴きつつペンとれり
　日々の暮らしはちょとだけせわしき

中原中也の詩集読む
今の我中也のナイーヴさに心ひかれたり

桜散り小中高と休校なり
新型コロナいつ退散するや否や

郵便はがき

料金受取人払郵便

新宿局承認

7553

差出有効期間
2024年1月
31日まで
（切手不要）

160-8791

141

東京都新宿区新宿1－10－1
（株）文芸社
愛読者カード係 行

ふりがな お名前		明治 大正 昭和 平成 年生 歳
ふりがな ご住所	□□□-□□□□	性別 男・女
お電話 番 号	（書籍ご注文の際に必要です）	ご職業
E-mail		
ご購読雑誌（複数可）		ご購読新聞 新聞

最近読んでおもしろかった本や今後、とりあげてほしいテーマをお教えください。

ご自分の研究成果や経験、お考え等を出版してみたいというお気持ちはありますか。

ある　ない　内容・テーマ（　　　）

現在完成した作品をお持ちですか。

ある　ない　ジャンル・原稿量（　　　）

名			
買上 店	都道　　　　市区 府県　　　　郡	書店名 ご購入日	書店 年　　月　　日

本書をどこでお知りになりましたか?

1.書店店頭　2.知人にすすめられて　3.インターネット(サイト名　　　　)

4.DMハガキ　5.広告、記事を見て(新聞、雑誌名　　　　)

上の質問に関連して、ご購入の決め手となったのは?

1.タイトル　2.著者　3.内容　4.カバーデザイン　5.帯

その他ご自由にお書きください。

(　　　　)

本書についてのご意見、ご感想をお聞かせください。

①内容について

②カバー、タイトル、帯について

弊社Webサイトからもご意見、ご感想をお寄せいただけます。

ご協力ありがとうございました。

※お寄せいただいたご意見、ご感想は新聞広告等で匿名にて使わせていただくことがあります。

※お客様の個人情報は、小社からの連絡のみに使用します。社外に提供することは一切ありません。

■書籍のご注文は、お近くの書店または、ブックサービス(0120-29-9625)、セブンネットショッピング(http://7net.omni7.jp/)にお申し込み下さい。

道を行く我は小便がまんならず
立ちションベンを又も繰り返せり

朝ゆっくりと起き出してローソンへ買ひ物
独り暮らしのつらさは本物

『白鯨』のエイハブ船長の頑固さは
我が身のかたくなさ以上なりと思はる

ムーヴィーで『白鯨』を又観たり
又又感動す昨日も今日も

白鯨よお前は神か仏か何者か
我は唯そのおそろしさに身を響かせたり

初めての白鯨を岩波文庫で読める昔の日
我も又白鯨をにくめり

唯今は白鯨を神とぞ認めむ我なれど
世界の海に白鯨何頭存在《いる》のか

クィークェグこそ英雄と考ふる
我にとりても彼は大切な友達

白鯨退治のピークォド号に我も乗り
白鯨と対決せる夢も又見たいものよ

人知れず山間に咲く百合の花に
価値は有るか無きか今の我にははっきりとはせず

絵を描きこの世の春を楽しめり
その後の事はもう天にまかせたり

油絵を描く人あり
我も又生きる為に油絵描かむとぞ願ふ

油絵でホタルブクロ描きたり
人に無下にされても信念貫くかな

初めての絵のレッスン
昔なつかしき想ひ今は遠くに

当り前の絵や写真に興じたり
今後はさらに平凡な作風とはならん

当日から写真の撮り方わからずと
試行錯誤す我も又人の子

神様も仏様も全て含めた神仏の
いずこに存在するや否か

人に聞くあの山には鬼が住む
我は今は行くのが少し恐ろし

はてしなく遠くの島には妖精が住むといふ
そんな事誰かに聞けるか

遠くの遠くの島々をも
訪れたいと思ひたりし願ひ叶はずなり

夜が来て日が沈み
暗き中にも電灯の明かり灯して本読もう

この哀しみがいつの日まで続くのかと
一日一日忍耐せる我哉

新しき年になりて
新しき希望いだける事もあろうとは思はむ

ベートーヴェンのピアノコンチェルト第三番
名作と聞けり我も又聴きたり

楽聖ベートーヴェンに
大変あこがれつつベートーヴェンの曲聴けり

楽聖のピアノコンチェルト聴きつつ
我ひとりペンを取れり

ベートーヴェンのピアノ曲一曲聴いて
　クラシックは難しきかと

今ベートーヴェンを聴いており
　その先はモーツァルトかブラームスか聴かむ

昼餉《ひるげ》をまだ食はぬ我なれど
腹の具合いはちょっとだけ厳しき

昔日にベートーヴェンを初めて聴きし時
我はその音楽に深く感動せるなり

ブルース・スプリングスティーンの音楽
聴きて我は何かとかは思はむ

中島みゆき「夜会」ＤＶＤで観つつ紅茶飲む
我にとりて幸か不幸かは不明なり

短歌よむ日頃のうっぷん晴らしつつ
今日も明日も元気に生きていこう

梅雨近くこの雨も長く続くのか
と思へる日長の今日の日哉

今朝も又ジバニャンや6匹の猫の
えさ食べにきているのかな

はじめてのデートも
昔の日のなつかしき想ひ出なりや否かと

はじまりは青い空の天気の日
少し雨降り急ぎ帰るかな

風を待つＳＴＵ48歌ひつつ
独り考えごちて春の風待つ吾

竹ざおに糸・はり・エサをつけし後
魚釣りを楽しみし僕の若き頃

美少女趣味あるにはあるが
程々にせよと自分自身に言いきかすなり

片目つぶって立体感覚つかみ
人と話すのは少し難し

怪獣マリンコング幼稚園の時見てこわくなり
今もまだ少し恐ろしき

ヒイラギのぎざぎざは
手の平に痛いとは言へ何かのおまじないか

家の水槽に
大陸バラタナゴ一〇匹程我飼へり

ユキリンユキリンおしゃまなユキリン
　かわいこぶりっこなしのかわいいユキリン

竹藪で幼女を見つけるおじいさん
　竹取物語　日本最古の名作と思ゆ

華やかな遊びも全くしてないが
　今の自分は絵と本　カメラ　植物
　　少しのオシャレで十分

友達と連なる児童等は早く大きくなれ
　よく遊びよく学べよく食べよ
　　皆仏様の子たちだ

恥ずかしき思ひをすればする程に
自分の魂いよいよ穢れむ

二十歳より四十四年を過ぎたれど
まだ死んでしまふには早い哉

暖かき気候とはなったけど
　暑さもいよよ増したる今日哉

ショスタコーヴィチのシンフォニー
　聴きつつ我は茶を飲めり

川の中魚やメダカ　ザリガニの
いっぱいいるそんな夢の実現せぬかは

梅雨近くなりにけり
今日を生きながらえつつひとり淋しく生きぬ

モーツァルトのピアノコンチェルト
体の中にスーッと入りたりし

梅雨になり長雨の時節続きたり
早く暑い夏の来ぬものかなあ

川の中鯉の泳げる地区なれど
ホタル狩りなど昔はしたりし

雨降りの日のずっと続くと思へども
天気は晴れもようなりき

人の世のはかなさ身にはひしひしと
厳しき感覚常に覚えん

初夏となり雨の続ける頃もかと
ひとりクラシック音楽を聴きつつ執筆す

人生は始めよりうまくいくようにはできてない
　さて我が人生は如何に哉

梅雨時のじとじととした気候には
　我もまいれり君もまいるるか

我が庭に鉢に植わりて
シレトコシャジンが一株咲きにけり
我又感動す

ミニトマト数ケ食べては嬉しがる
我のトマト好きは一生続けり

ミニトマトプランターにて栽培せり
人の世の幸せせっせと感ず

人恋し暖かき家庭作らむと願へど
我にその資格ありやなしや

欅坂46のJポップを聴いている
平手は今どこにいるのか

戦争はいやだと思ひつつ
日中戦争いつどこで起こるや否や

労働は大切だよと誰か言ふ
今自分はどこでどんな仕事をなすべきかな

今日も又雨の降り続く日の続く
何時《いつ》になったらこの雨止むのか

我が庭にコオロギの幼虫一匹発見せり
　ピーヒョロピーヒョロいつ鳴くのか

梅雨時には当然雨が降り続ける
　イヤも何もないと我は思へり

発病し長く苦しむ事もあり
　されど希望は絶対捨つべからざるなり

蒸し暑き気候のこの梅雨時も
　いつかは明けて暑い暑い夏とはならん

小説を書きたいとは思っても
文章のなかなか上手《うま》くはならぬものか

「キャッツ」をＤＶＤで観ておるが
初めて劇団四季で観た日とは又違へり

「キャッツ」の映画版をもう8度は観しなりし
感動の叫びありすぎるなり

蒸し暑き気候の今日の日
六甲の山並にも暖かき日当たれり

もう梅雨も終わりに近くなり
セミの声や犬の声におどろけり

高校の時友人と映画観し想ひ出ありき
その想ひ出ももうかすかとはなれり

短歌作る我が身なり
人の世のはてしなく続ける悲しみ苦しみ

北大へ入学した時の事は過去の事
又大学へ行けるかは不明

はじけたるゴムボールを手につかみ
我が人生のいかんともせざるを思ふ

毎日毎日働く事は大変だよと
病み上がりの我には休息が必要なりき

インドには数多の人口あふれたり
今後も人口増していくのだろう

セミ鳴いてカエルが跳ねてメダカ泳げり
そんな地区を我は望めり

イチリンソウの写真を見ては
ひっそりと咲く姿に我は興味を持てり

アマガエル雨の昼時に飛び跳ねて
我が庭の隅に飛び降りたりき

アジサイももう枯れてしまひたり
今年の梅雨はいつまで続くのだろう

自動車が雨水のたまりを跳ねてゆく
体中びっしゃりとなりたり

秋近くなり残暑の日々の続きたり
人の行き来は昔と同じか

七月の七夕に短冊に願ひを書きにけり
人とは違う願ひなりけり

八月のお盆に近くの路を散歩せり
行く人来る人暑さに耐えにけり

我が家では山野草が乱れて咲いている
花の緑も良く映りたる哉

北海道大学過去に行きたりし
されど今の自分はどこの大学にも興味なし

ビートルズ高校の時にははまりたり
今の自分にはモーツァルトが良き哉

恋人探しの旅の続きは
人生の甘さ苦さをそのまま受け取る事なり

梅雨明けて蒸し暑き気候となりて
ツバメもどこかへ行ってしまったよ

八月の猛暑の候がやって来て
　小川のメダカもアップアップしておる哉

ヒマワリが満開近くになりたるが
　クマゼミの鳴き声とよく交はりし哉

皮たれの串刺しを一本食べてから
ああ美味《おい》しいと思ふ此の身の幸かな

少年ジャンプ今週号
本日求めたりただそっと速読すなり

富士の山初めて本物を見た冬は
雪の積もれる心地好きものなりし

ニンマリと笑へる明日の来る事を願へど
我が身の事は収拾つかざる

夏になりアサガオ満開にはなりたるが
つるべ落としの日は長かりし哉

満天の空を仰いでひとり満足す
銀閣寺に参るのは明日にすべきかなと

天龍寺へ参る日も時にはあるが
その日こそ我が身の病いの癒ゆを祈れり

一心寺友人と共に参りたり
記念写真とりて友人にわたせり

この世には三人の友人ありたりし
恋人も三人おれば嬉しすぎると

池尻の神社に参る日が続き
天気模様も晴れたり曇ったり

ラジオからクラシック音楽響けども
我にはクラシックの楽器全くできず

一夏の想ひ出も又去れり
高校の時のキャンプの事も又過去の事

伊丹から電車に乗りて姫路城へ
行かむと思へるが又疲れたりし

幼きに弟とプロレスごっこしたりけり
四の字固めは当たり前かな

はじめからやさしき家庭に育つれば
今我は何をしているのだろうか

林の中松やくぬぎの木々立てり
根元にはスミレの群落ありき

畑の仕事はちょっと難儀なりし
　されど貴き仕事なのかも

松の木にクマゼミ一匹とまりたり
　我はその鳴き声に癇にさわれり

哀しきは人の世とその営みの
　つくづく人生の悲哀感じたり

昼日中暑さにやられコンビニへ
　クーラーの冷風で涼しさ味わへり

クマゼミもアブラゼミも一日中鳴き通して
　今年の夏も又暑し

昨日のセミの抜け殻木にありて
　今頃セミはどこで鳴きたり

小川にはフナの大きなものもいて
近所の子供等さえ喜びたり

本年の暑さもとうとう本番になり
アイスキャンデー口にほおばれる哉

昨年の夏頃奈良の東大寺参りたりし
　今年の夏もまた参らんか

人知れず奥山に咲くユリの花に
　何の生きがいあるかなしか

神戸港今日も船が発着し
今日も明日も夢が膨らめり

10年前岩波文庫で老子読ム
楽しかりしわりに難しすぎた

汗流して働く日々の二十代
今六十代となりて良き想ひ出哉

発汗を止める涼しきクーラーの
冷風をこっちにも寄せむ

始まりは雨かとも思ひしが
　天気の良き日毎日続けり

発見を心良しとぞ思ひつ生きむかな
　そんな人生を送る人のうらやましくなり

少しずつ文《ふみ》読み文《ふみ》書く我が人生
文学哲学自然科学いづれを選ばむ

人として生きてゆかむとぞ思ひしか
此の世の中はそんなに甘くはあらず

山中にリンドウの花一輪咲いている
このリンドウの花は価値ありかなしか

人々に親しまれきた大仏を
今自分は拝みに行かむと思ひたり

艀にて人の通るを見ていたが
今生の世には人生の難多し

二十日大根を田んぼで育てる事もあったけど
今はもうしておらず

音楽会聴きに行くけれど
楽しさは十分の一なり誰のせいかな

山中に咲くスミレ草
花としての価値あるかなきか

クラシックをＦＭ放送にて聴きたれど
　そははじめてのデートを楽しむに似たり

男と女の関係など僕には関係なし
　と考えてもやっぱりそれは重要哉

高校球児の甲子園
チームの応援もままならざりし

稲の成長と共に
青田風の強く吹く事の多いこの頃なのか

はじめての休みを楽しむ此の身にも
天よりの助け如何に哉

ハレー彗星又いつこの星にやって来る
わくわくどきどきする我

この星の生命のいぶき美しき
　永遠に続く事望む我哉

クラシックのコンサート
　いつまた行けるのか現今の期待

初秋となりイチジクの果実美味なりし
我は好んで食らふなりけり

小学生の時マラソンで三〇等を取り
自慢してたる我のおぼつかなさ

秋となり果物の美味《おい》しい季節なり
初物のイチジクは又特別

夏逝きて新しき季節とはなりたるが
すっきりと体は回復せざるなりけり

自転車で飛ばす時節となりたるが
頭の中は迷いがいっぱい
ドヴォルザーク「新世界より」
僕の愛唱曲の一ツなのかな

一つ目の進化の果てに進むもの
そのまま歩む人の心よ

尊労と言う人々の
少なきをいたむ人のまた少なかりけり

ハトの飛ぶ平和な人の世の中に
　このように生きたしと我は思へり

チョンボチョンボと叫べども
　花も実もなきこの世の中なりき

新しき世の中には
　新しき道徳なりたつのかしら

山道に木や草々の
　うっそうとして生えている日々の生活悩めり

冷たきアイスキャンデーを
毎日毎日食べたしとは思はざるなり
又又と言はむ日々にも
人生の生きがいの決してあらざりき

松方ホール今日初めて行きし
その感想は良きホールで音楽聴けり

クラシック音楽にふけりつつ
テレビで阪神戦を時たま見つるか

ウルトラマンZ今日も又見む
楽しき想ひ出今日もかわらず

十月ももう半ばとはなりたるが
もみぢの紅葉いつになれば完美なり

箕面行きは今日も又かなわず
と言ひけるがもみぢの天ぷら食ひたいの哉

明日又松方ホールへ行かむと思ひつつ
夜短歌詩作にふける我哉

日々の労働をほとんどしない習慣のつきまくり
新しき仕事を何か始めよう

朝昼夕と三度三度御飯を食ふ
今日も又飯食ふ楽しみすすまず哉

わが庭に猫7匹やって来て
　えさを食はむと求めておるなり

精神科の病院に先日も通院をしたけれど
　いつ病気が癒えるか全く理解《わか》らず

クラシックのコンサート通いの日々も
音楽楽しめる人にしかわからず

戦争の世界中で起こりたり
この日本の国はまだ平和なりき

初キッス昔の事とはなるけれど
あんまり良い想ひ出にはあらざるなりき

恋人欲しいと恋人さがしの旅の
果てしなく続かむものかないつ果てむ哉

今日の生活は良きか悪しきか
如何なるものか世の常ならず

映画観たしという望みもずっと続きけるが
本人はいつでも映画観たり

リストの曲コンサートにて聴きたれど
何故か感動は少しも起こらず

作業所へはもう行けず
自身にて考えた末作業所行き止めようかと

冬近く気温の下がる此の頃は
衣服の厚くなってきたのを喜ぶか悲しむか

冬に入り厳しき寒さももう慣れて
友人達と食事を共にす

後書き

僕の第二歌集がやっと出来上がりました。出来栄えはまあまあですが、まあなんとか出版できそうです。

僕としてはこれ以後歌集は出版しないつもりですし、今、短歌は全く作っておりません。又違う方へ著作が続いていけばと思っております。

僕のこの作品に労を取っていただいた、文芸社の方々に厚く御礼を言いたいです。

いつまでも日本の国と世界のすべての国々が平和でありますよう祈ります。

著者プロフィール
辻 一代（つじ ひとなつ）
昭和30年８月12日、兵庫県伊丹市に生を受ける。
昭和46年、兵庫県伊丹市立西中学校卒業。
昭和49年、兵庫県立伊丹高等学校卒業。
昭和49年、北海道大学水産類入学。
北海道大学水産学部卒業。

著書
『天国を想ふ』（2016年、文芸社）
『スーパー・インスピレーション』（2018年、文芸社）
『アンネ・フランクに』（2018年、文芸社）
『歌集　ムラサキカタバミ』（2020年、文芸社）
『俳句集　シロバナタンポポ』（2022年、文芸社）

第二歌集　イヌナズナ

2023年１月15日　初版第１刷発行

著　者　辻 一代
発行者　瓜谷 綱延
発行所　株式会社文芸社
〒160-0022　東京都新宿区新宿1－10－1
電話　03-5369-3060（代表）
03-5369-2299（販売）

印刷所　株式会社フクイン

ISBN978-4-286-22690-3